寂寞國殺人

村上龍著
張智淵譯

電視新聞報導，遭到逮捕的是一名十四歲的國中生，不久之後，住在北海道的妹妹為了另一件事打電話來。

形式性地說完事情之後，聊到遭到逮捕的十四歲少年，妹妹身為三個女兒的母親，說：「名嘴左一句社會不好，右一句學校不好，我聽都聽膩了。」妹妹說：「乾脆說十四歲的少年因為預謀殺人的嫌疑，遭到逮捕不就得了。」

我認為，妹妹的意見大部分正確。

少年遭到逮捕的那一晚，我寄了一封電子郵件給一位音樂家朋友。

電子郵件的內容是：

「一名十四歲的少年身為神戶須磨區命案的嫌犯，遭到逮捕。或許不只是家庭模式和家庭成員出了問題，搞不好人性開始失序了。」

寄出之後，我對於「人性開始失序」這種說法耿耿於懷。我總覺得哪裡不對。

我懷著憂鬱的心情，在寫《讀賣新聞》晚報的連載稿子。這篇名為〈味噌湯裡〉的長篇小說，旨在描述一個名叫法蘭克的美籍殺人魔來到日本，在日本也殺人無數，最後接觸到不明確的日式善意，但卻沒有洗心革面。當然，法蘭克被設定為在日本是異類，晚報正好連載到他即將向主角——日籍導遊，坦誠訴說自己至今的大半輩子。大致來說，浮現於故事中的是，病態得無可救藥卻又不失真實性的法蘭克，以及毫無美國特有危機意識的日籍導遊之間的鮮明對比。

法蘭克在新宿歌舞伎町展開大屠殺時，正好發生了神戶的案件。法蘭克以細長尖刀割下中年男子耳朵的那一天，被害者的部分遺體被人發現，讀賣新聞文化部收到了大批讀者抗議：「為何在這種時候，刊載這種小說？」話說回來，〈味噌湯裡〉始於一名女高中生遭人肢解的屍體，在新宿歌舞伎町的垃圾場被人發現。屍體的軀幹部分塞進了一張紙條，上頭寫著：「神明不會饒恕。」

十四歲的少年遭到逮捕那一晚，我正在寫連載小說，我之所以憂鬱，倒不是因為擔心這麼一來，抗議或許又會蜂擁而至。抗議對我的工作不會造成絲毫影響。

我之所以憂鬱，是因為我總覺得想像力受限於真實的案件。我心想，法蘭克訴說自己身為殺人魔大半輩子的自白，會因為這起真實的案件，難以光憑想像力而成立。畢竟小說家並非模仿真實案件，而是運用想像力，與現實抗衡。

法蘭克自白的第一句話是：

「我之所以犯下殺人罪，是因為對於想像力的恐懼。」

「想像力令我萌生『我搞不好會殺人』這種想法，這令我極度恐懼。消除這種想像力的唯一方法，就是實際殺人。」

我為了描寫法蘭克的自白而做筆記，覺得他和神戶命案的十四歲少年之間，有相異之處，又有相同之處。而想像力這三個字在我的心中一再反覆出現，我知道我寄給音樂家的電子郵件，內容哪裡錯了。

我再次寄了一封電子郵件給他。

「我之前寫了『人性開始失序』這句身為小說家所不該寫的話。日本士兵在長官的一聲令下，以日本刀砍下外國人腦袋而受到褒獎，不過是短短數十年前的事。人性原本就失序。有史以來，人們以各種事物掩蓋、粉飾這一點。其代表性的事物是家庭和法律，以及理念、藝術與宗教等。我在想的並非它們沒有發揮功能，是什麼讓十四歲的少年去殺人，而是無法阻止他動手的是什麼。」

音樂家寄來的回覆如下：

「我覺得如今的日本，是一個讓理念、法律、家庭、宗教和藝術這些制度癱瘓至此的國家，在世界史上非常獨特。這種國家大概絕無僅有。因為連美國都有『正義』這個原則。」

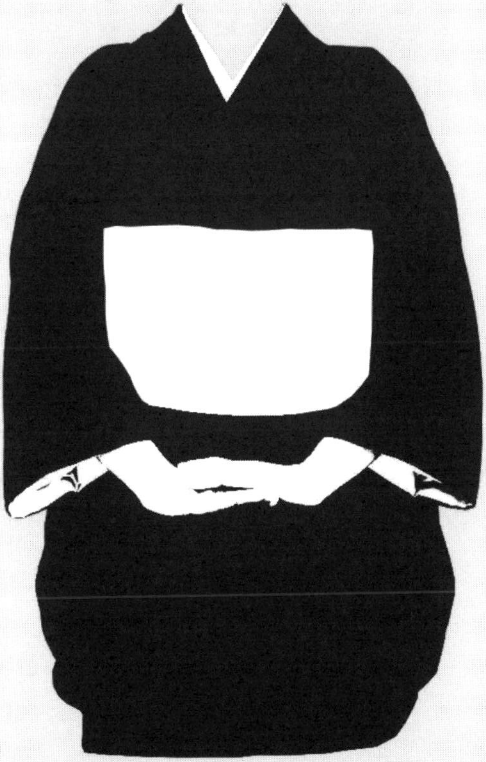

去年，我寫了一篇以女高中生援交為主題的小說。我之所以想寫小說，是因為關於援交的爭論毫無結果，所以我有預感，女高中生的問題象徵著什麼。電視的談話節目和雜誌的專欄等，大致上分成抨擊派和擁護派。抨擊者主張：「學校和家庭放任那種笨蛋亂搞，到底在搞什麼鬼？」擁護派則說：「說不定從事援交的女高中生們，代表著將來的價值觀。」

就我所知，沒有人說只認同金錢和名牌貨價值的女高中生，只是忠實地呈現如今的日本人價值觀。不用說，追求金錢和名牌貨這種價值觀，屬於尚未完全現代化的開發中國家。因為先進國家能夠創造名牌貨，在市場販售，而且國家擁有充足的外幣，本國的貨幣也居於強勢，所以人民不會形成只想獲得金錢、名牌貨這種價值觀。

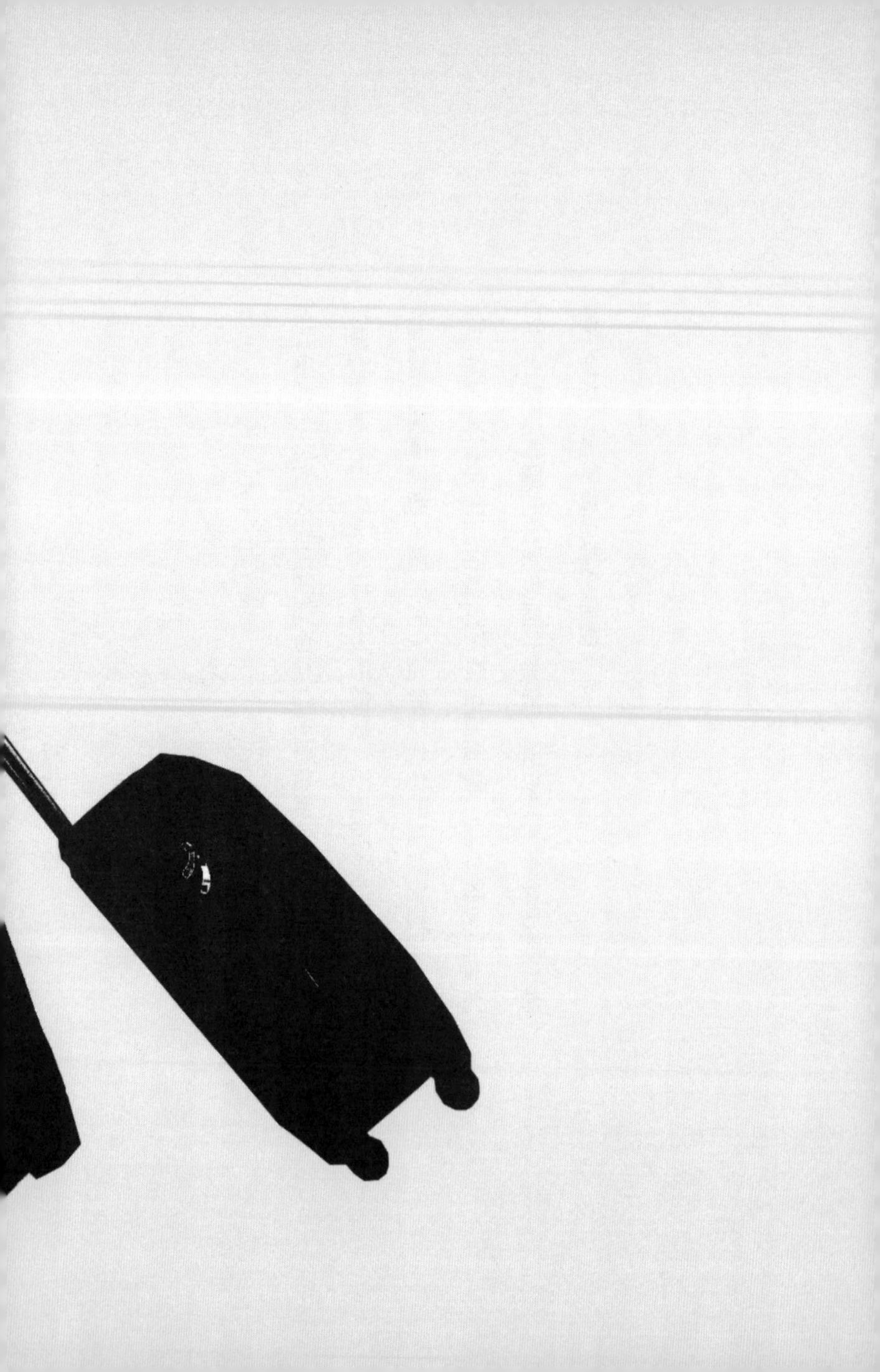

日本是一個匪夷所思的國家。儘管擁有國外市場認同的品牌商品，外匯存底也仍舊充足，而且本國的貨幣也非常強勢，但是沒有完成現代化這種自覺。當然，日本並非完成理想中的現代化，內部也不是毫無矛盾。全世界沒有半個完成理想中的現代化的國家。任何一個先進國家都有內外矛盾。現代化不是要實現理想國。若是本國貨幣足夠強勢，國家就不必強制人民從事順從且一致的工作。當然，日本沒有消除在現代化過程中產生的矛盾與歧視。但是，人民團結一致，朝共同目標邁進的時代早已結束。那就是現代化的終焉。大人們對於這一點，口頭上不說，但是心裡有數。

芥川獎、直木獎和唱片大獎，是一個簡單易懂的例子。即使你要求文藝編輯舉出這十年來的十位芥川獎、直木獎的得獎者，他們也幾乎答不出來。除了少數的例外之外，得獎作品都沒有成為暢銷書。這五年來的唱片大獎也是一樣。設定國民獎項，「鼓勵」人民。人們稱讚、尊敬得獎者這種形式，屬於正在現代化的國家。大多數的人民下意識地察覺到，唱片大獎的任務也已結束。之所以幾乎不記得這十年來的首相姓名、馬上忘記甲子園的全國高中棒球冠軍學校，都是基於同樣的理由。

但是，任何一個媒體都不會道破這一點。

已經沒有國家目標，所以必須設定個人目標。那個目標是支撐你的將來的工作，有些人如果不像這樣簡單明瞭、親切地告知，就不會明白。

那就是孩子們。

「約二十年前，日圓兌美元跌破了兩百日圓。當時，日本的現代化結束。現代化結束，代表國家的大目標已經完成，接著必須將價值觀的重心從國家轉移到個人身上。然而，日本完全沒有做到這一點，也沒有人高聲疾呼必須這麼做。辛勤工作的父執輩再怎麼努力提升業績，在公司之外，無論是在家裡、同學會，都不會受到稱讚，因為沒有受到稱讚，所以人生毫無意義。日本人的主要情感從戰敗和現代化過程中的『悲傷』，逐漸變成國家目標消失之後，仍舊找不到該出現的個人價值觀和目標這種『寂寞』。尤其是一直以來，依照國家目標工作的上班族和經營中小企業的父執輩，許多人無法突然改變生活方式，置身於極度寂寞之中，卻沒有意識到那就是寂寞。」

我告訴採訪的女高中生那種事情。她們彷彿第一次聽到那種內容，所有人目光熠熠地專心聽我說，說：「搞什麼，原來是這樣啊。」

「所以大叔才會花錢買我們，原來是因為寂寞。」

馬沙曼這位研究臨床神經病學的專家，對貓做了一項有名的實驗。首先，他將貓放進實驗箱，讓牠記得一按安裝在箱內的按鈕，就能獲得飼料。貓一肚子餓，就會進入實驗箱，按下按鈕。接著，他事先讓貓處於飢餓狀態，改變設定，變成一按實驗箱的按鈕就會通電。飢腸轆轆的貓衝進實驗箱，按了按鈕，但是非但沒有獲得飼料，反而遭到電擊。貓的內心天人交戰。牠想要拿飼料，但是電流會從那個按鈕竄出。貓出現十分類似神經病的症狀，逐漸衰弱，不久之後，喪失進食的意願，最後餓死。

當然，馬沙曼的實驗不能解釋神經病的所有機制，但是有助於掌握天人交戰的概念。天人交戰意謂著面臨矛盾的欲望。

如今，日本大部分的孩子都置身於和上述的貓類似的處境。無論是在學校或家裡，父母和老師說的話都和現代化過程中沒有兩樣。所有媒體告知的內容也一模一樣。

「進入好學校、進入好公司，女生要和在好公司上班，收入穩定的人結婚！」

孩子們認為，非這麼做不可。因為遍尋不著其他選項。

但是，這個社會瀰漫著一股氛圍，實在令人無法認為人光是進入好學校，待在好公司，就會幸福。孩子們下意識地察覺到，光是隸屬於世人認為有價值的團體，未必會有成就感。被視為菁英中的菁英，大藏省（譯註：相當於財政部）、厚生省（譯註：相當於衛生福利部），以及銀行、證券公司的高層和幹部都親身反覆向我們證明這一點。若是隸屬於菁英的團體，人生就圓滿的話，他們為何甘冒高風險，拚命貪汙呢？孩子們應該會認為，假如他們只是為了成為菁英團體中的菁英，簡直無聊透頂。

孩子們半被迫地意識到，在電視劇、廣告、電影和小說中，也就是所有現實的表層，日本人的幸福標準變質了。如今，在日本受到尊敬的，並非不顧家庭、勤奮工作的上班族。而是出現在廣告中，面帶微笑地巧妙使用尖端機器，過著富裕的生活，享受嗜好的人們。而在雜誌彩頁中受到稱讚的，則是經常出國旅行，穿著有品味，享受潛水、園藝和戶外生活的人。女性也一樣，當個工作男人背後的賢內助、守護家庭的主婦早已不再是電視劇的主角。唯有在現實社會中工作，獲得高收入，談華麗的戀愛，享受人生的女性，才會出頭天。

沒有人教孩子們，那麼該怎麼做，才能成為這種享受富裕生活的身分呢？孩子們聽到的依舊只有「總之進入好學校、進入好公司」。只勸孩子在價值已經獲得認同的團體中生活，非常簡單。

人在成長的時候，需要榜樣。孩子在邁入青春期之前，以父母為榜樣成長。然而，孩子並非模仿父母成長，而是除了觀察父母的生活方式之外，沒有其他學習生活方式的機會。若是父母過著無聊的生活方式，孩子就會認為人生無趣。我再說一遍，如今大部分的孩子只聽到「進入好學校、進入好公司」這種建議成長。那純粹是因為社會沒有現代化之後的價值觀，而且那種建議和媒體傳播的資訊相互矛盾。所有媒體每天競相塞給孩子們資訊，告訴他們：「這世上沒有人光是進入好學校、進入好公司，就過著充實的人生。」孩子們置身於這種觀念對立的環境之中，找不到另一種，或者個人的新生活方式的榜樣。

少年遭到逮捕之後，一個月即將過去，媒體的論調受到《FOCUS》刊登大頭照的影響，開始變成了討論少年法相關的內容。不可能有「有識之士」真心認為，如果今後修改少年法，判少年死刑，就能防止這種案件繼續發生。但是學校的霸凌、家暴和逃學也沒有減少的跡象，而且大家好像厭煩了，我想，今後應該會採取更強硬的手段，試圖透過排除與制裁，因應這種案件。

任何一個時代，都有人因為某種震撼人心的案件而停止思考。我想，歇斯底里地呼喊排除、制裁的人們，害怕這名十四歲的少年。八成是這名十四歲的少年公然犯下的罪行，超乎常理，令他們心生恐懼。活在現代化過程中，名為「恬靜貧窮時代」的人們，想像力有限，而且他們是背負現代化辛勞的人們，所以我不用「排除、制裁派」批判他們。他們因為辛苦沒有獲得回報這種挫折感，和「社會」同化了。日本的「社會」比起原則，有時候強過「法律」。我盡量不和這種「社會」扯上關係。

雖然將他們歸類為同一種人，有失公允，但我想，他們的共通之處在於，沒有意識到日本人民的主要情感從「悲傷」轉變成了「寂寞」。演歌和流行歌在團體的最大公約數「悲傷」消失時，失去了存在的理由。

戰爭是現代化的高潮。它最能促使人民團結一致。雖然戰敗或許令人大受打擊，但是敵軍沒有一兵一卒登陸日本本土，日本就無條件投降了，所以日本的人們除了戰地之外，終究沒有遇見活生生的外國敵人。舉例來說，縱然閱讀「東京大空襲」的紀錄，感覺和看到地震等大災害的紀錄沒什麼兩樣，就是因為這個緣故。

戰敗後，日本國提出「經濟復興」這個大目標，從一片焦土脫胎換骨，變成民主主義國家。我在戰敗後的七年出生，沒有親身體驗戰敗之後的大轉變。但是，經濟成長如此之大，所以過程想必大致進展順利。不可能進展不順。因為現代化這個大目標，後來依舊持續。雖然軍國主義中斷了，但是現代化沒有中斷。它能夠直接作為國家的大目標。

在現代化過程中的貧窮恬靜時代，精神創傷、個人的「寂寞」都被掩飾了。如今，流行「心理創傷」這個詞，但是從前的孩子們很堅強。實際上，我有朋友被父親扔出去，險些被窗玻璃割斷頸動脈而死。這種孩子絕非特例，到處比比皆是，但是他們幾乎都沒有心理創傷。在同學會等場合中見面，大家會愉快地回顧當年，說：「那真是一個糟糕的時代啊。」我的母親是老師，每天忙碌，不太管我。如果我發燒，撒嬌說我不想去上學，母親就會說：「吼～吵死了，離我遠一點！」把我推開。

即使是貧窮恬靜時代，孩子也會受傷。雖然會受傷，但是譬如那天晚上，母親說「今天吃壽喜燒」的當下，就能忘得一乾二淨。如今回想起來，會造成心理創傷的事情，在孩子們之間多如牛毛。那之所以沒有造成心理創傷，是因為除此之外，有「想要飽餐一頓」之類簡單而迫切的欲望。除了歧視之外，幾乎所有精神創傷都透過吃壽喜燒、父母買棒球手套給自己，或者全家人去附近的海邊而中和掉。也就是說，雖然有因為貧窮而得不到想要的事物這種悲傷，但是沒有閒工夫感到寂寞。

這樣一路寫來，我心中莫名升起一股暖意，但是從前並非特別好的時代。過去常常看起來美好。在我小時候確實存在，如今消失的事物，並非孩子們的堅強，也不是父親的威嚴、母親的慈祥。更不是正因為貧窮時代，所以保留了日本人固有的豐富情感等騙人的謊言。那個時代有的是，現代化這個國家的大目標，別無他物。因此，絕對無法回去那個時代。要拾回那個時代有的事物也不可能，而且以那個時代為標準，思考如今，是一件卑鄙的事。

充斥現代的寂寞，不存在於過去的任何一個時代。現代化之前，不可能有因為完成現代化而感到失落等情緒，所以我們無法借鏡過去，解決現代的問題。抱持著類似如今的孩子心中的寂寞而活的日本人，有史以來不曾有過。

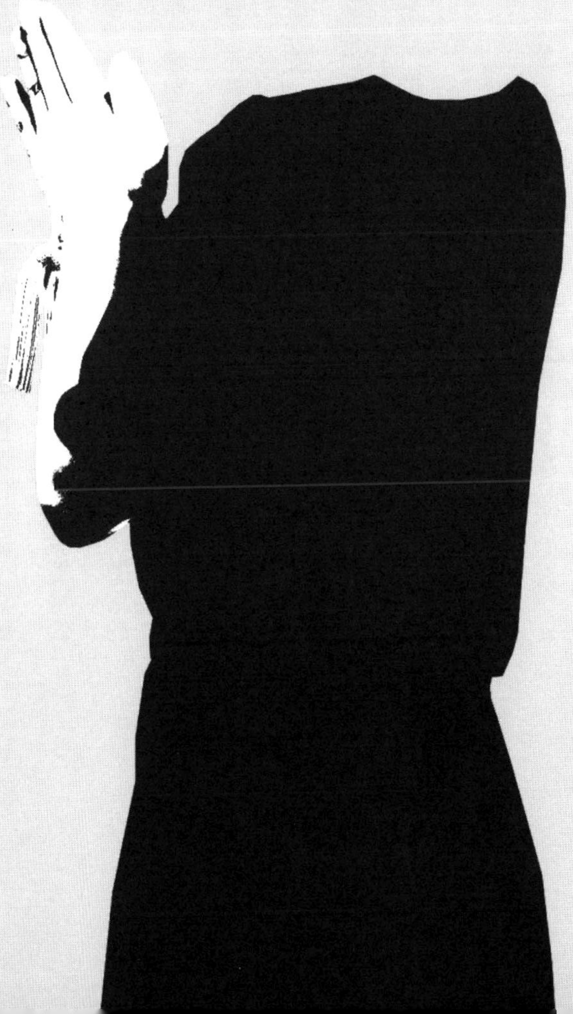

儘管如此，依然想向過去學習的，主要是偏差值低的中高齡男子。無論是織田信長、坂本龍馬，或者吉田茂，就算他們如今活著，也無法回答歸國子女的煩惱。但令人無法置信的是，編寫「學習織田信長的危機管理術」這種特輯的雜誌仍不絕於後。不過，愚蠢的中高齡男子無藥可救，只能放棄。否則等於是要他們否定自己至今的人生，他們大概到死都不會改變隸屬於更好的團體這種價值觀，而且應該會成為開倒車和逆勢而行的中堅分子。

（譯註：偏差值指的是個人成績偏離團體平均分數的數值，數值越高表示成績越好。）

我不認為排除與制裁這種解決方案是正確的，但假如是現代化過程中的國家，我認為有效。日本的媒體在兩年前，幾乎不問為何有那麼多高學歷的人成為奧姆真理教的信徒。也不問女高中生從事援交的理由。我相信女高中生說是因為想要名牌貨這種歪理，但是沒有人會在麥當勞打工半年，購買Prada的皮包。

兩年前，我在美國東岸和古巴拍完電影之後，待在日本的時間變長了。那段期間，幾本小說在美國、法國和亞洲被譯成多國語言，所以接受外國媒體採訪的次數增加。他們一定會問奧姆真理教和女高中生的事。

「在這種豐裕的國家，為什麼女高中生要賣淫呢？」

我沒有回答是父母不好、教育失敗。這種答案在日本人互相爭論的電視談話節目可行，但是面對外國人，會變成家醜外揚。要是外國人問：「難道不是因為貴國的家庭和教育導致的嗎？」我會無言以對。

我回答：「因為寂寞。」接著，我說到現代化結束這個話題。

「明明現代化結束了，但是沒有人宣告這件事，而且沒有開始創造個人的價值觀，所以所有人內心混亂，喪失目標而感到寂寞的人越來越多。不管是奧姆真理教、女高中生從事援交，或者孩子們的霸凌，都是因為日本人心中的寂寞而產生。」

外國的媒體會馬上瞭解。他們會說「明白了，謝謝」，停止採訪錄音，採訪結束。他們絕對不會問：「那麼，日本今後怎麼辦？」因為他們是創造個人的價值觀為理所當然的國家的記者，所以知道「那麼，日本今後怎麼辦？」這種問題本身毫無意義。比方說，法國人絕對不會思考法國人今後該如何生活。如今，真的沒有半個日本人能夠思考整個日本的事。我不相信說「該如何改變今後的日本才好？」這種話的人。我總是認為，說那種蠢話之前，先改變你自己！透過改變制度，改變個人的時代結束了。

有個義大利籍的報社記者在採訪之後，跟我握手道賀。

「現代化結束是一件了不起的事，恭喜。」

但是，不太值得恭喜的局勢持續著。尤其是家庭的問題很嚴重。家庭沒有妥善發揮功能，抑止人們成為奧姆真理教的信徒、從事援交，或者包含搶奪成年男子財物和動用私刑等殺人的誘惑。若是思考家庭，又會出現現代化一詞。

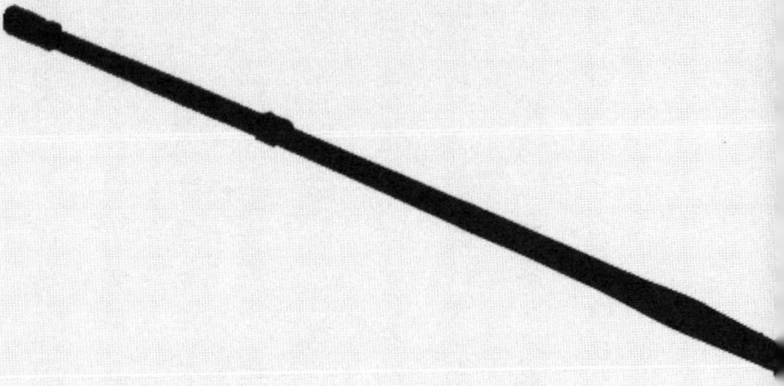

……十八世紀以後的歐洲家庭，在各種領域中，像是家庭內外的男女關係、親子關係，或者衛生、健康、性愛、飲食、居住的方式等，成為形成現代化「生活」規範的場合。人透過家庭，使自己有規律，主動服從監視自己的目光。在現代，家庭是將人視為活在社會的生物，社會化為現代「人民」的媒介。所謂現代，是指之前負責讓人加入社會的地方團體和職能團體退居幕後，「家庭」擁有特權的時代。

在日本，法律、各式各樣的社會制度，以及教育制度，平等地普及滲透至全國的各個階層，在國家的「監視」目光無所不在的情況下，家庭扮演助長這股風氣的角色。若是先講結論，成為其主要媒介的應該是具備新出現的「家」這個新要素的家庭，在其中發揮作用的是所謂「『家』的意識形態」。也就是說，如同傳柯和唐澤洛特所指出的，家庭不只是教化人們生活技巧和秩序的意識形態工具，明治二〇至三〇年代（一八八八—一九〇六年），「家」這個字所象徵，道德且封閉的新家庭形態，獲得了作為理想事物、憧憬對象的價值，而這一點作為一種意識形態發揮作用，就廣泛束縛人們的生活和思考模式這個層面而言，可說是促使人們形成身為「人民」的意識，加入國家社會……

（摘自《作為戰略的家庭》牟田和惠著／新曜社）

明治政府並不想將家庭作為推動現代化的工具使用。只不過就結論而言，家庭發揮了那種作用。家庭之所以不再像過去一樣發揮作用，是因為國家目標完成，無法善盡規範的職責。不負責任地建議「父親要有威嚴」的人依舊不少。如今，沒有國家的保證，父執輩如何保有威嚴呢？在公司無法獲得成就感的中年男子，該怎麼做才能在家裡獲得威嚴和尊敬呢？

寫完女高中生援交的小說之後，同一輩的編輯找我商量。

「我想，我讀高二的女兒應該不至於在做這種事，但是我想先提醒她一下，不可以從事援交，所以能不能請你告訴我，該怎麼說才好。」

我說：「你只能說，那很危險，別那麼做！」

「你只能說，萬一對方是流氓，也有可能拍下妳的裸照威脅妳，或者把妳賣掉。因為那麼做真的很危險。」

幾天後，編輯垂頭喪氣地說：「行不通。」

「我按照你說的說了，但是她一副心不在焉地聽著，只回了一句『我知道』，我們父女之間的談話就結束了。我想，她沒有接收到危險訊號。」

我說「抱歉，沒有幫上忙」，但是心裡在想：「因為你自己沒有危機意識，所以你女兒才會不想聽。」孩子看著父母的一舉一動、生活方式。他們靜靜地觀察父母的生活態度、日常中表現的價值觀。平常沒有表現出危機意識的父母就算說「要有危機意識！」孩子，也完全沒有真實感。

看著父母的生活方式，認定人生很無聊的孩子們、無法向任何人談論內心寂寞的孩子們當中，有一人囿於異常的想像，該怎麼做才能阻止他犯下離奇殺人案呢？而且，「理想的日本人」或「理想的家庭」這種模式已經不復存在。

青春期的孩子心智發展，擁有的資訊量增加，但是相對地，接觸社會的經驗有限，所以想像力強，有時候會囿於殘酷且異常的想像。十四歲的少年對將來不抱希望，覺得沒有人認同自己而感到疏離，包含自殺在內，囿於異常且離奇的想像，並不稀奇。但是，將之付諸執行，極為異常。

我先前寫道，孩子以父母為榜樣成長。當然，我的意思並非這名十四歲少年的父母鼓勵他殺人。他們確實無法教他釋放殘暴想像力的技術，而且對於自己的孩子，危機意識肯定很薄弱。然而，倘若對他的父母和兄弟姐妹施以社會性的制裁，就能防止案件繼續發生，未免也太簡單了；而假如排除一名少年嫌犯，問題就能解決，也就不必像這樣思考這個問題了。

透過排除和制裁解決這個問題，其實是相信現在日本一般家庭的形態正常。也是相信除了遭到逮捕的十四歲少年之外，一般的孩子不會這麼做。認同正常的孩子占絕大多數。然而，我認為具有殘暴、異常性的「特殊」學生，和其他「一般」學生之間，越來越無法「區分」了。我並不是在批評日本的孩子們，而且批評也無濟於事。我只是對於所有孩子置身的狀況，感到憂心忡忡。

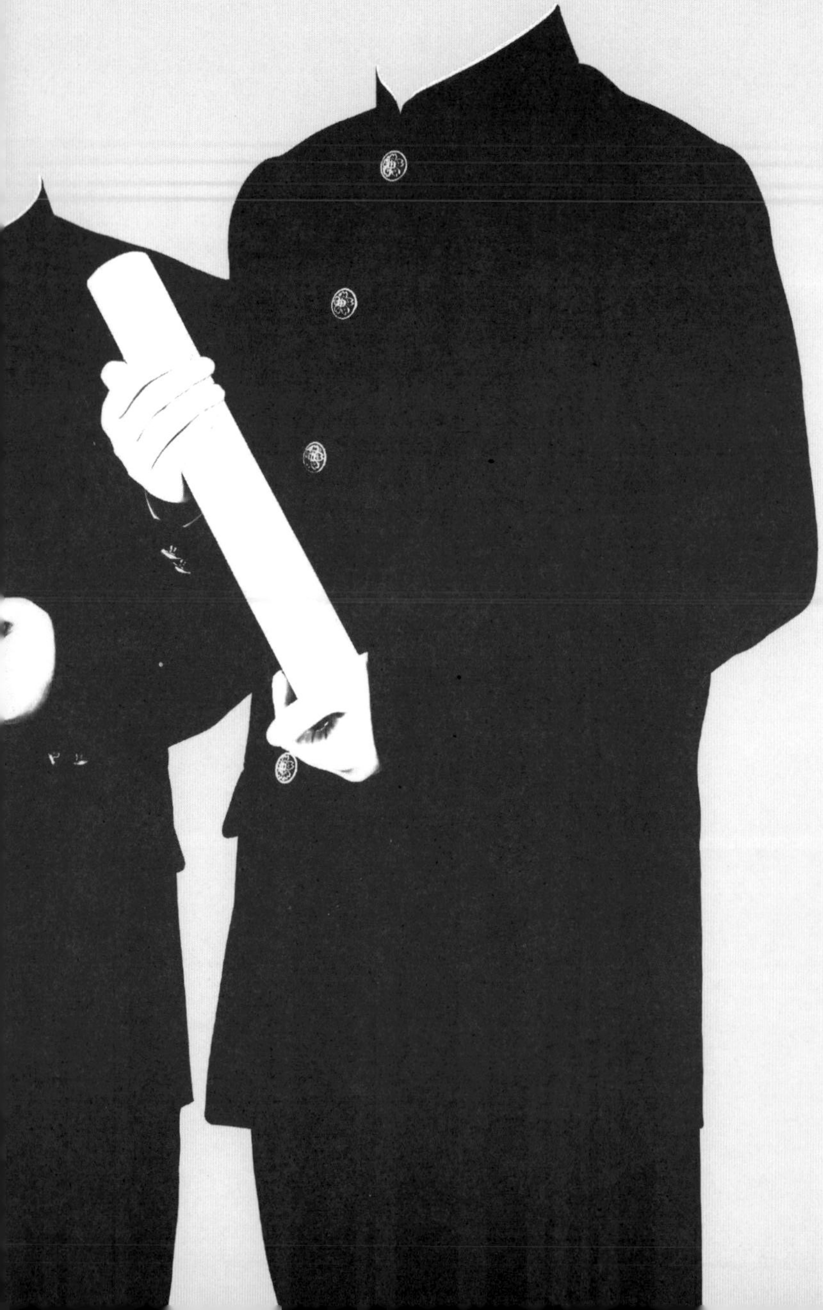

我想，假如我是如今生活在日本的孩子，要發現阻止想像力失控的希望，極為困難。目前為止，或許只有那名十四歲少年一個人付諸執行，但是我想，心中潛藏惡意和殺人念頭的孩子們，充斥在公園、路上。我認為，縱然修改少年法，無論十四歲或七歲都能判處死刑，如今的日本孩子的惡意和殺人念頭應該也不會消失。

無論是孩子或大人，我不認為人的精神狀態隨時保持穩定。就連最親近的人際關係，也就是夫婦、親子和家人這種人際關係，我也不認為隨時保持穩定。因為貧窮而產生的悲傷消失，變成寂寞，基本上是一種進步。我們恆定地，也就是隨時感到寂寞。我之前完全不期待制度會替我中和那種寂寞，如今亦然。我從幼兒時期開始，從未幻想過「制度會是自己的靠山」，所以我擁有能夠獨自獲得成就感的工作，時常認為如果無法設定個人目標，就難以在這個世上生存，並且持續身體力行，告訴自己的孩子這一點。

基本上，我不瞭解別人的孩子。我的鄰居有兩個兒子，他們小時候會跟我的孩子一起在公園踢足球和打棒球。但是如今，他們將近二十歲，我無法建議他們該如何生活。我努力讓自己和自己最親近的人之間的關係緊密。此外，我總想從事個人且刺激的工作，沒有空閒思考整個日本的事。我想要隨時思考，自己如今是否擁有熬夜幾天也不厭倦的事。

假如那名十四歲的少年是真凶，有機會見面的話，我想問他一件事。那就是當他在寫給警方的戰帖時，是否認為自己是「透明」的？

首度刊載於《文藝春秋》一九九七年九月號

《寂寞國殺人》後記

我如今也清楚記得，在寫日後集結成本書的散文時的事情。我接受《文藝春秋》正刊當時的總編輯——平尾隆弘的委託，當時是採取採訪的形式。我一面回答平尾的問題，一面思考、彙整日本社會的狀況，但是閱讀文稿之後，我認為口頭回答還不夠，必須寫成散文。接著，我從神戶的十四歲少年引發的離奇案件開始寫起，如今也清晰記得開始寫時的憂鬱心情，而且那股憂鬱在十幾年後的如今，也沒有消失。

《寂寞國殺人》的主題是對於變化的不適應。明明現代化和高度成長早已結束，但是制度和思考方式依舊和現代化的過程中一樣。能夠列舉《NHK紅白歌合戰》，作為其文化象徵。《NHK紅白戰合戰》誕生於清晰留下戰爭爪痕的時代，成為國民娛樂。代表日本的男女歌手分成紅白兩隊，比拚歌曲、歌唱實力和受歡迎程度，是一個內容單純的節目，但是療癒因為戰爭而受傷的人民，撫慰了邁向高度成長的勞工家庭。

但即使如今，戰爭造成的傷痛，以及令人驚訝的經濟發展這個國民共通的悲傷和亢奮消失，人們不再團結一心，變成了伴隨差異的多元時代，《NHK紅白歌合戰》還是持續著。在沒有一首暢銷曲是所有階層的人民都會唱的時代，沒有回顧原本的目的，持續進行不自然的「國民娛樂」，象徵著如今的日本社會。

具體而言，適應變化是停止什麼，開始某種新的事情。主要在政治等官方領域，以及媒體，持續著維持既有路線這種愚蠢行為。我在寫《寂寞國殺人》時，下意識地預感到，日本社會今後應該也無法接受、適應改變。我的預感儼然成真，那是憂鬱沒有消失的理由，也是我鮮明地記得撰寫《寂寞國殺人》時的理由。

二〇一〇　於橫濱　村上龍

《寂寞國殺人》推薦

生命的意義　沒有標準答案

沃草公民學院主編／簡單哲學實驗室共同創辦人
朱家安

一九九七年日本神戶發生「酒鬼薔薇聖斗事件」，十四歲的少年以殘酷手法連續殺害小學生。事件引起社會關注，因為少年殺人似乎是為了開心，他布置犯罪現場，甚至留下書信向警方挑釁。

在《寂寞國殺人》裡，村上龍以「酒鬼薔薇聖斗事件」為楔子，提出他對當時日本社會的診斷。他的主張大致上是：

1.在過去日本人為了「現代化」，讓國家社會富強，把國家的目的當成個人生命的意義，致力於發展。

2.後來現代化完成了，人們卻沒有意識到他們終於可以、也應該開始發展自己的生命意義。

3.缺乏生命意義的人們感到寂寞無所適從，因此催生了中年男子援交的需求、奧姆真理教、霸凌行為，以及少年殺人事件。

村上龍用犯罪事件來呼籲大家重視當代人「缺乏生命意義」的現象。哪些犯罪可以歸因於缺乏生命意義，或許需要訴諸社會科學研究，不過我相信即便不是出於減少犯罪的考量，我們也有獨立的理由重視現代人缺乏生命意義的問題。

村上龍描述的日本國民，在過去齊心努力現代化，讓國家趕上西方。然而為什麼我們該致力於讓國家富強？除非你相信人天生需要為某些抽象的對象努力，例如種族、族群或國家，否則最合理的答案應該是：國家是為了每一個個人存在，讓國家富強，是為了讓國家有能力提供必要的保護和支援，讓國民擁有自由去活出自己想要的美好人生。

過去的日本國民致力於現代化，雖然是受到民族主義號召，但在結果上，也是為了替後代打開更多自由選項。如同美國第二任總統約翰・亞當斯寫給妻子雅碧蓋・亞當斯的信裡所說：「我得學政治和戰爭，如此一來我們的小孩才有辦法學數學和哲學。我們的小孩得學數學和哲學、地理、自然史、造船學、航海、商業和農業，如此一來他們的後代才有辦法學詩畫音樂、建築雕塑、織布和陶藝。」

不管怎樣的美好人生，都需要國家社會供應的物質基礎，村上龍描述說，日本在完成現代化之後，卻沒有告訴大家現代化已經結束，可以追求自己想要的日子。這個狀況很諷刺，因為現代化的最大好處，應該就是讓大家有辦法去追尋自己覺得有意義的生活方式。

當人有了自由和資源，卻不知道自己該做些什麼、為了什麼活著，就陷入生命意義危機。村上龍描述的日本是這樣，其實台灣的近一代也是這樣。我自己在一九八〇年代出生，像我這樣的七年級生，顯然在生命路線上比我們的父母有更多選擇的自由。例如說，對我們的父母而言，完滿的生命通常包括婚姻和扶養小孩，但這對我們來說已經不是標準答案。

縱使如此，我們的處境也並不是「找到自己的生命意義」那麼簡單。首先，生命意義沒有標準答案，並不代表沒人會對你的生活該怎麼過指指點點。再來，對於出路的不安全感帶來的升學主義和種種社會壓力，讓台灣的年輕人很難擠得出時間去探索自己喜歡的事物，更別說有信心地冒險嘗試了。如果國家的目的是要讓人們能夠享有活出自己想要的美好人生的自由，那麼，更尊重多元的社會風氣，跟更公平的資源分配，會是我們該努力的重要方向。

從他人的眼光尋獲自我

李茂生／台灣大學法律學院教授

村上龍在《寂寞國殺人》這短篇散文中，透過神戶少年殺人事件表達了他對日本社會價值轉變過程中缺失的憂慮。他認為第二次世界大戰後，日本將國家目標訂定在增加財富、讓生活富裕之上，然而在這個代表國家大目標的現代化已經完成了之後，卻沒有辦法將價值觀轉型到個人應「如何正確地去享受這個得來的富裕」。成人們除了面對已經達成的國家目標，感覺到繼續努力也不會有更大的成就外，根本就沒有辦法獲得協助，繼續創造新的價值，所以在整個的人際關係上，日益感到寂寞，也逐漸喪失存在價值。

村上認為這種「大人」，無法引領下一代找尋出自我活存的意義，而年輕的世代在沒有他人的指引下，只能一味地尋求物質上的暫時快感。同時年輕世代的人也因為傳統堅實目標的虛偽以及現實上沒有指引的空泛，而感受到迷惘，進一步發揮其「（錯誤的）想像力」，並導致悲劇。

這個想像力所創造出來的虛幻，到底有何意涵？其實村上並沒有提出任何答案。讀者頂多僅能從其散文的內容中，模糊地察覺到這是一種不願意當透明人，想從他人的眼光中得到自己存在意義的驅力。

然而，物質上一時快感的尋覓與人生價值的空泛，真的會引起殺人事件嗎？大部分的人應該是就這樣墮落下去吧。醉生夢死，不也是一種生活態度的選擇嗎？或許會犯下這種無可挽回的大錯的人，才是真正敏感到覺得自己無法在這個社會孤寂中尋求到自我存在意義的人吧。

村上對於神戶殺人事件中少年A的心境的解讀或許過於粗糙，終究社會對於一個十四歲的兒童所附加的壓力，並不是想像中的那麼大。姑不論少年A的自傳——《絕歌》

是否道盡了其自身的想像，少年A有著性方面的精神疾病，而且最終其也自我解析，認為親密的人際關係會造成自己的痛苦，據此不再尋求清澈、無垢的聖域（終極的人際關係），反倒是將自己與他人間的關係一律斬除，不斷地切割自己與社會間的關係，想將自己隱藏到群眾陰影下，並在這種痛苦（想與群眾接觸，但又不能接觸）下贖罪。比諸神戶少年A事件，村上所描繪的現實毋疑是展現在秋葉原事件中的佳藤智大身上。

成人錯誤地在他身上附加了悲情的時代任務，但是現代化既已成遂，佳藤無法在人際關係中尋覓虛幻的成就，但同時也沒有辦法得到他人的協助，形塑新的自我。因為無法感受到在社群中自己的存在意義，進而透過想像，想毀了一切。換句話說，想自殺，又無能力自殺，結果只好借國家權力來自殺，順便拉幾個人來墊背。這個才是一般人所感受到的寂寞，也才是荒唐憾事的淵藪。

許多人都感受到了傳統人生目標的虛幻，也認知到現在於團體中，於人際關係中尋求自我的困難。這是一個普遍的社會現象，但是會走上絕路，應該是有一個關鍵性的契機。而這個契機就存在於現存的人際關係中。我們已經不能談集體主義，也不能談極端的個人主義，個人是存在於人際關係之中，不論自我的決定是成就自己、存活下去，還是毀了一切，其契機都存在於人際關係。關懷自己，然後據此及於他人，進而在與他人的關係中尋獲自我。這或許是村上於此篇散文中，所欲表達的事物。

製造鑰匙的說明書

溫朗東／鳴人堂專欄作者．評論人

這是個濕淋淋的傍晚，我正要搭公車前往公司的尾牙。其實我不是正職員工，只是簽了約，固定做點公共議題的節目。之所以會去，可能是因為同事主管熱情的邀約，也可能是我想要感受一些團體感。

大部分的時候，我對團體關係感到抗拒，不願意為了融入團體而削去身上的邊角。卻也偶爾，需要感覺自己不是一個人，需要確認自己站在人群旁邊。

下班時間的公車有點擠，沒有到密不透氣，但已經超出了舒適的範圍。公車在車陣中走走停停，需要費點力氣才能好好站著。站牌前停車又發車的時候，我聽到一個不陌生的華語腔調。等一下，她說。

車子還是往前開了一點。

等一下，她說。這名看似東南亞看護的中年女子，攙扶著老人緩慢移動，終究趕不及下車。老人撐著助行器，臉上的皺紋深到看不出表情，好像已經無法準確地說話了。女子為了無法扶老人下車而著急。乘客紛紛喊說：「等一下」「有人要下車」。

我們總能在日常中看到一些溫馨、美德或者說是正義感。這令人欣慰。

卻也有些時候，這種「正向的力量」會展現出它的暴力性。對犯罪嫌疑人的追打、對鞭刑的狂熱、對從事登山或是派對受災者的責難……我們的團體意識，還停留在現代化之前的素樸狀態。我們的主流道德，跟百年前差異不大——大多數人相信，人的本性是怠惰失序的，唯有透過家庭的教養、法律的約束，才有機會維持「安定社會」的狀態。

如果一個人犯了罪，那就是他的家人沒把他教好，就是法律的刑罰不夠峻；如果一個人受了傷，他必須是個好人、必須從事著主流且有明顯經濟效益的活動，不然那就是「自找的」「不值得同情」。

大部分的人，不相信自己能夠影響政策，也不願意為理解公共議題付出寶貴的精神力。他們相信努力工作，就能獲得對等的回報。沒有被剝削，只有能力不夠。公共生活並不完美，卻不可能也沒必要改善它。

村上龍認為日本的社會問題，來自於「現代化完成後的寂寞」。也就是說，當日本人從二戰後艱困地站起，這過程中雖然辛苦，卻也產生了整個世代的「不這麼賣力，整個國家就會一起下沉」的共感。但隨著日本的現代化，這個共感的時代回不去了。作為社會規訓前哨站的家庭，意義也隨之崩解。

當社會失去了集體的目標，轉向追求個人化的發展時，活在集體制度中的個體，會感受到強烈的不適，會感到孤單並且失去尊嚴。這種氣氛在家庭中由上往下傳遞，拉開家長跟孩子之間的距離。「在家裡聽話，出社會找個大公司，一輩子認真工作」的價值觀在現代化完成後被鬆動了。

長輩覺得孩子越來越不聽話：「我們那個時代那麼苦，還是努力打拚。你過得這麼幸福卻不知感恩。」孩子也覺得長輩不再是仿效的典範：「只會擺架子，道理早就過時了。只會工作不會生活，看起來過得不開心。我以後不想過這樣的人生。」

這些現代化後，經濟發展趨緩、集體目標喪失、人們開始追求個體性的現象，對台灣人來說並不陌生。可以說在某個面向上，台灣也面臨了跟二十年前的日本一樣的問題。

但台灣的處境比日本更複雜艱難。國族議題在整個東亞史裡向來難解。社會的主流聲音傾向於迴避衝突，而不是正視它的艱難而尋求解決。社會氣氛傾向於「租屋心態」，總覺得台灣這所房子不是自己的，拒絕去做大規模的裝修、結構強化甚至於重建。偷工減料的工程、殘害健康的食品、剝削勞工的企業、善於仿效但缺乏研發創新的氣氛……我們有種「賺快錢」的集體共識。如果無法長住久安，至少要積累出移民的本錢。

對集體光榮感的需求卻沒有停止。我們渴求各式各樣的「台灣之光」。即使是非主流的事業，只要能獲得世界的肯定，也就能獲得島內的肯定。在獲得世界肯定之前，我們對非主流從業者的支持少之又少。只注重收成，不在乎灌溉。我們始終胸懷著素樸的溫柔與正義感，但多數人並未擁有現代化的、尊重個體自由選擇的道德。對生命的可能性也缺乏想像力。

村上龍的散文有著漆黑中緩慢下著雨的濕冷滲透力，他沒有在浪嘆感懷中逃避問題，反倒是把問題提煉得更加清晰——不管你贊成或是反對他的觀點，他都提供了明確的論辯基底。我認為這是種值得提倡的散文態度。

我想，我們並不缺乏「團體感的需求」或是「公義的本能」。在一道道糾結的關卡面前，缺少的是解答難題的嘗試與典範。這本《寂寞國殺人》篇幅雖然不長，但他的觀察力與筆觸是把鑰匙。或者說，是本製造鑰匙的說明書。

「停下來」的叫喊聲好像沒讓司機聽到，車子繼續往前。我們又叫喊了起來。司機也在擁擠的車上吼說：「我是要靠邊停一點。」大家才安靜下來，看著女子扶著老人下車，各自回到對抗車陣走停的崗位上。

雨還在安靜地下著。

孤寂、毀滅正在無聲無息地啃蝕我們的世界

鄧煌發／中央警察大學犯罪防治學系專任教授

二〇一八年一月十日前後幾天，號稱「霸王」級寒流籠罩整個台灣，內人提醒我要打電話給在家鄉的八十八歲老母，提醒她要把前幾年專程送給她禦寒的電毯拿出來使用，她說：「我不要，太恐怖了！前幾年電視新聞有報導說，台北有位中風的老人，就是被禦寒的電毯活活燒死

的，太恐怖了！」我無言以對。

北台灣的確發生過電毯燒死人的事件，但透過台灣偏頗的媒體新聞一而再、再而三的重複報導，最後變成似乎所有老人都會被電毯燒死一樣的局面。因為媒體這樣以偏概全的報導，讓一般人各自陷入不信任周遭出現的人及其一切；隨時間慢慢漂移，這種不信任感漸次涵養、孕育，終導致人與有形、無形的他人、大自然事物（務）的疏離，益發讓人陷入更寂寞的窘境。

不知該感謝，還是該咒罵？

科技產品的研發帶來了許多方便，卻也帶來了人類無窮無盡的貪婪心……

大眾傳播媒體，尤其是無遠弗屆的個人電腦與網際網路媒體，無疑是引發當代的人類無止境貪婪深淵的代表；正因為它無窮盡的貪婪，終帶給人類無止境且揮之不去的寂寞。

「宅男」就是在前述科技產品充斥下的代表名詞！犯罪學領域近代的相關研究指出，許多莫名其妙的重大刑事案件的主嫌，都有一個共通特性：過度壓抑衝動性爆發使然；也就是說，這類人通常給人內向、乖巧的印象，常兀自沉浸在網際網路的虛擬世界，寄生在無所拘束、自由翱翔，甚至沒有時空限制的爆量、偏執的網路暴力事件中，蟄伏其心底的不滿、忿恨、矛盾、衝突等負能量卻一刻不停歇地蓄積、再蓄積，壯大、再壯大，終致良心道德被啃蝕殆盡，一旦時機成熟，即迸出驚天動地的重大刑事案件。類似知名的日本神戶連續兒童殺人（傷）事件，亦即「酒鬼薔薇聖斗事件」的14歲「少年A」，以及台灣人耳熟能詳的台北捷運車廂內鄭姓大學生隨機殺人事件等，就是由諸如此類的無盡貪婪、無窮寂寞的社會媒體推逼而成；一般人認定他們是犯罪人、加害人，我倒覺得他們是被害人，是被家庭、學校、社區、社會、國家所遺棄的被害人！

因為犯罪不會突然發生，必須在「錯誤的人，在錯誤的時間到錯誤的地方，遇到錯誤的人」的「天時、地利、人和」等因素聚合之下，才能巧妙地發生。我非常同意村上龍先生在《寂寞國殺人》對日本社會充斥矛盾、衝突等而暗自引爆重大犯罪事件的反省；反觀我們台灣，媒體重複、幾近病態的報導更加凸顯類似問題，亦即媒體過度渲染台灣不同階層之間的對立、衝突、敵對、仇恨等負面消息，例如：藍綠陣營間的政治鬥爭，勞工與公務人員之間待遇差別，挑惹不同族群間對立的常態，行政長官與民意代表間針鋒相對，反廢死與廢死團體的惡性競爭……等，可能也是蓄積社會不滿、不公、不義現況的壓力源，直到「最後的一根稻草」「導火線」出現，終爆發殘酷隨機殺人的重大刑案，如此巨觀的社會對立氛圍，也可能是情境因素密切相關的環境負因，這是值得我們特別關注與省思的。

社會就像是一座大染缸，可以把生存其間的人在不知不覺中染成各種顏色，亦即意味了社會環境讓人習得了各種不同的行為，包括積極正向的行為，但也可能是違法亂紀的犯罪行為。社會係由人、制度、價值觀、文化等整合組成的有機體，所以每一個人都肩負著「使社會更美好」的責任與義務，犯罪行為的發生，絕不可單方面責怪政府無能、政黨惡鬥、大眾傳播媒體失職、警察不力、法官威信掃地、監獄教化效果不彰等；其實只要大家盡力做好自己的本分，讓每個家庭成員和樂融融，學生快樂學習，大家都沉浸在感恩與洋溢著愛的環境中，減少肅殺暴戾之氣，暴力犯罪自然消滅下來。受民眾期望之付託的政府龐大體系，完善社會福利體系，設法縮短貧富差距，替民眾營造一個「無怨尤、無恐懼」的生活空間，當然是政府責無旁貸的職責，如斯或可緩和階層衝突，有效抑制暴力事件的發生。

村上龍全作品

《共生虫》

張致斌＿譯

藏在心裡面的祕密，讓自己變得什麼都不是，卻成為活下去的唯一理由……上原中學二年級便不再上學，沒有朋友也不說話，直到有了電腦才改變了他的隱居生活。透過網路，上原找到一群承認「共生虫」確實存在的人，潛藏的暴力想像也因為「共生虫」而有了蠢蠢欲動的殺機，匿名的網路郵件一步一步將上原四分五裂，隱藏在心靈深處的防空洞被打開來。

《接近無限透明的藍》

張致斌＿譯

村上龍的成名小說，24歲即奠定其大師地位的代表作，30年來台灣首度完整翻譯版，終於上市！！
你到底是什麼人？你到底在懼怕什麼？你是如何變成一具任人玩弄的人偶的呢？……濃烈的感官體驗，狂亂了青春；脫序的生活，譜成了迷幻的歌；基地裡那年輕失落的靈魂，麻痺自己只因不想再感傷，戲謔人生是為了反抗對他嗤之以鼻的社會。

村上龍全作品

《55 歲開始的 Hello Life》

張智淵＿譯

村上龍新境界小說。獻給現在及未來55歲的你，這是寫給你們的打氣希望書。跟每一天的自己說：我懂，我懂，一切都會更好的。人生中最可怕的是，抱著後悔而活，並非孤獨。我們一旦展開另一種人生，就會變成另一個人，那麼你有沒有勇氣變成另一個人？人活著真的就只有未知與後悔的事嗎？人活著難道只能被動地讓命運支配？無法翻轉？

《老人恐怖分子》

張智淵＿譯

村上龍繼《55歲開始的Hello Life》唯一無比最新長篇。對於現實世界的威脅，究竟誰才是真正的強者？我們所輕蔑與忽視的究竟是什麼……失去妻、失去工作、失去能夠存活的社會條件……但日子應該還是有亮光，有期待。一通電話，以為得到暫時餬口的工作。卻被一股力量拉扯，掉進難以置信的狂亂漩渦。

村上龍全作品

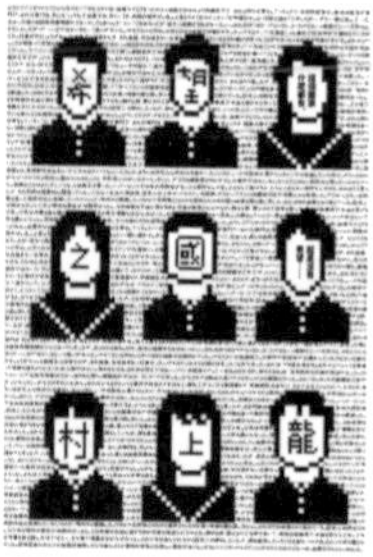

《希望之國》

張致斌 _ 譯

這個國家什麼都有，就是沒有希望……村上龍1998年發表，距今19年話題不斷預言社會震撼之作。向大人世界的宣戰CNN意外發現巴基斯坦邊境有日本少年在當地從事炸彈拆除工作，日本少年不肯承認自己的國籍，卻對著鏡頭說了三句日文：生麥、生鮮垃圾、生雞蛋。新聞放送之後造成日本舉國譁然，全國媒體紛紛追逐這條重大消息……

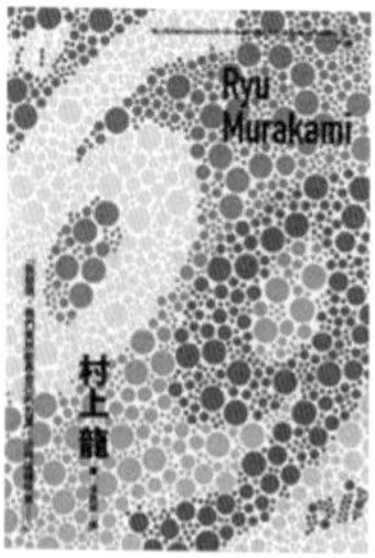

《69》

張致斌 _ 譯

1969年，東京大學取消了入學考試，披頭四發行了三張專輯，滾石合唱團推出最佳單曲，蓄長髮、主張愛與和平的嬉皮高喊反越戰，反組織……我的名字矢崎劍介，大家叫我劍介、劍、小劍、劍兒、劍仔或劍劍，是九州普通升學高中的學生，我和阿達馬一起搞校園封鎖、搞造反嘉年華，在1969年的春天，我的十七歲人生像過慶典一樣展開了……

村上龍全作品

《五分後的世界》

張致斌＿譯

一個正在東京近郊慢跑的中年男子，跑著跑著忽然發現自己深陷熱帶叢林的行軍隊伍裡，周圍彌漫著一股不可言喻的殺意。「不能亂動，一動就會被殺」懷著警戒之心，他緊跟在行軍隊伍之後，終於進入某一個類似集中營的地方。到底發生了什麼事？為什麼他會置身於此？不經意地望向手錶，指針居然只走了五分鐘⋯⋯

《到處存在的場所 到處不存在的我》

張致斌＿譯

《到處存在的場所 到處不存在的我》這本書，村上龍以居酒屋、公園、便利商店等場所作為舞台，試圖將類似「希望」的東西寫進這些短篇。所謂「希望」，是一種「未來會比現在更好」的想法。要描寫社會的絕望與頹廢，如今已經非常簡單。所有的場所都充滿了絕望與頹廢。在這本短篇集裡，村上龍為各個出場人物刻劃出他們所特有的希望。不是社會的希望。是別人所無法共同擁有，只屬於個人的希望。

村上龍全作品

《村上龍電影小說》

王蘊潔＿譯

12個篇章，皆是由著名的電影命名，村上龍描寫屬於他後青春時期的自我意識。依然游走在社會邊緣，而這些電影參與了他的人生，激發他要繼續活下去的動力。村上龍看完費里尼的作品「生活的甜蜜」，讓他有生以來，第一次無論如何要把內心想法和別人分享，他急奔到朋友處所卻撲了個空，於是留下了一張紙條，留下年輕時滿腔熱血的宣言。

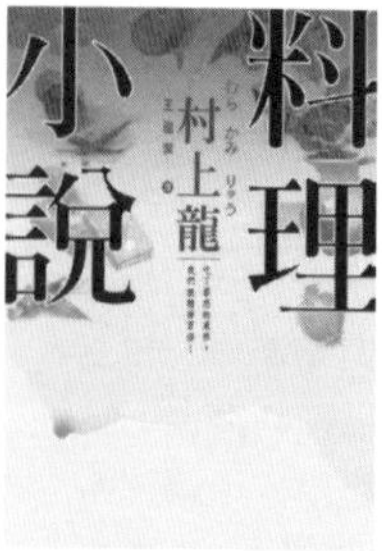

《村上龍料理小說》

王蘊潔＿譯

料理的滋味，能直搗你腦漿裡的慾望。料理的滋味，象徵回味無窮的幸福。料理的滋味，是無法原諒的罪惡感。料理的滋味，躲藏著戀愛中的甜蜜魔鬼。料理的滋味，能使人們遠離感傷……每吃進一口食物，都是在吃進生命，都是在品嘗生命中的酸甜苦辣。圍繞著村上龍的餐桌，各種人生戲碼此起彼落上演，永無欲念饜足的人，永無食之無味的料理……

村上龍全作品

《寄物櫃的嬰孩》

張致斌 / 鄭衍偉 _ 譯

在黑暗的寄物櫃中，我呈現假死狀態……那是從母親子宮出世的76小時之後。在這悶熱的小箱裡，我全身冒汗，極其難受，張開嘴巴，爆哭出聲……有沒有人會發現——我．在這裡？我一直都不被需要。所以我想我應該要成為不需要其他人的人。但這樣實在是太寂寞了，所以我生病了……

《其實你不懂愛》

鄭衍偉 _ 譯

從夢幻Jazz Bar概念出發，村上龍用近40首經典爵士曲目，詮釋愛情中某種失落的溫暖。
村上龍說，爵士樂彷彿總說著：「我會永遠等你。」那麼強韌，令人難忘，如同愛情。

村上龍全作品

《最後家族》

鄭納無＿譯

誰敢保證未來五年，繭居族的問題不會出現在你我周圍？精準推測社會問題的小說家村上龍用愛與關懷，寫下熱淚滿眶的感動小說。台灣首度出版！在拯救與被拯救之間，在自立與依賴之間，唯有放掉家人彼此的羈絆，才可以找到自己的生存之道。村上龍第一本讓人落淚的小說《最後家族》，殘酷而幸福！

《跑啊高橋》

張致斌＿譯

到底是怎麼回事啊？不小心搭訕黑道歐巴桑的牛郎混混我，哪來骨氣拒當小白臉被包養，就看八局下高橋擊出滿貫全壘打了……村上龍輕快的運動小說傑作——滿腦情色的高中生、混亂的導演、半調子男模、指揮交通老爺爺……管它人生什麼亂七八糟的痛苦煩惱，跑啊跑啊高橋，才是重新燃起鬥志的最後關鍵。

村上龍全作品

《所有男人都是消耗品》

張智淵＿譯

為什麼男人都是消耗品？為什麼美醜、成長和命運，都是個人才能的一部分？為什麼勾引無聊疲憊的有夫之婦，男人就會變成廢物？而原來：男人看到被自己呵護的女人和小孩高興，就會開心幸福；男人的犯罪和藝術，都是為了抑制勃起而產生；尋求自尊心的不是獨立自主的女人，往往是獨立自主的男人；內心寂寞的男人，只好變成精神上的人妖?!……

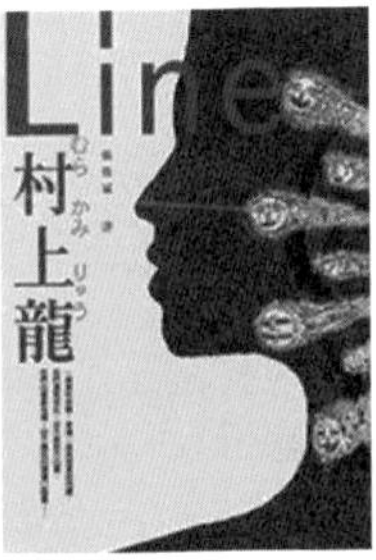

《Line》

張致斌＿譯

這是一條慾念線。失意攝影師向井，在SM女郎順子身體上尋求壓抑後的出口。這是一條惡意線。酒家女康子，在路上揀回離家少女明美，膩了，就丟棄她。這是一條暴戾線。私生子俊彥，動輒揮拳將同居人良喜打得面目模糊，再哭求原諒。這是一條依存線。男人央求撲克臉女人將他豢養在狗屋裡，只因人必須藉由他人來確認自我的存在……

日文系 048　　寂寞國殺人

村上龍◎著｜張智淵◎譯｜出版者：大田出版有限公司｜台北市 10445 中山北路二段 26 巷 2 號 2 樓｜E-mail：titan3@ms22.hinet.net　http：//www.titan3.com.tw｜編輯部專線：（02）2562-1383　傳眞：（02）2581-8761｜【如果您對本書或本出版公司有任何意見，歡迎來電】｜行政院新聞局版台業字第 397 號｜總編輯：莊培園｜副總編輯：蔡鳳儀　執行編輯：陳顗如｜行銷企劃：古家瑄／董芸｜校對：黃薇霓／金文蕙｜初刷：2018 年 04 月 10 日　定價：280 元｜國際書碼：978-986-179-521-8　CIP：861.6/107000224｜總經銷　知己圖書股份有限公司｜106 台北市大安區辛亥路一段 30 號 9 樓｜TEL：02-23672044 ／ 23672047　FAX：02-23635741｜407 台中市西屯區工業 30 路 1 號 1 樓｜TEL：04-23595819　FAX：04-23595493｜E-mail：service@morningstar.com.tw｜網路書店 http://www.morningstar.com.tw｜讀者專線　04-23595819 # 230｜郵政劃撥　15060393（知己圖書股份有限公司）｜印刷　上好印刷股份有限公司｜法律顧問：陳思成｜如有破損或裝訂錯誤，請寄回本公司更換

內頁影像：野生國民小学校

國際書碼：978-986-179-521-8 CIP：861.6/107000224

From：

地址：

廣　告　回　信
台北郵局登記證
台北廣字第01764號

平　信

To：台北市 10445 中山區中山北路二段 26 巷 2 號 2 樓

大田出版有限公司　／編輯部　收

電話：（02）25621383　傳真：（02）25818761

E-mail：titan3@ms22.hinet.net

意想不到的驚喜小禮等著你！

只要在回函卡背面留下正確的姓名、
E-mail和聯絡地址，並寄回大田出版社，
就有機會得到意想不到的驚喜小禮！
得獎名單每雙月10日，
將公布於大田出版粉絲專頁、
「編輯病」部落格，
請密切注意！

編輯病部落格

大田出版

大田出版 讀者回函

姓　　名：________________________

性　　別：□男 □女

生　　日：西元________年________月________日

聯絡電話：________________________

E-mail：________________________

聯絡地址：________________________

____

教育程度：□國小 □國中 □高中職 □五專 □大專院校 □大學 □碩士 □博士

職　　業：□學生 □軍公教 □服務業 □金融業 □傳播業 □製造業

□自由業 □農漁牧 □家管□退休 □業務 □ SOHO 族

□其他 ________________________

本書書名：0713048 寂寞國殺人

你從哪裡得知本書消息？

□實體書店 ____________ □網路書店 ____________ □大田 FB 粉絲專頁

□大田電子報 或編輯病部落格 □朋友推薦 □雜誌 □報紙 □喜歡的作家推薦

當初是被本書的什麼部分吸引？

□價格便宜 □內容 □喜歡本書作者 □贈品 □包裝 □設計 □文案

□其他 ________________________

閱讀嗜好或興趣

□文學 / 小說 □社科 / 史哲 □健康 / 醫療 □科普 □自然 □寵物 □旅遊

□生活 / 娛樂 □心理 / 勵志 □宗教 / 命理 □設計 / 生活雜藝 □財經 / 商管

□語言 / 學習 □親子 / 童書 □圖文 / 插畫 □兩性 / 情慾

□其他 ________________________

請寫下對本書的建議：

※ 填寫本回函，代表您接受大田出版不定期提供您出版相關資訊，
大田出版編輯部 感謝您！